Iphorismen II

Von Ute-Marion Wilkesmann

Iphorismen II

Nachfolger der Iphorismen I

Von Ute-Marion Wilkesmann

Zuerst wollte ich den Titel nehmen:

Meine Rezeptebibliothek Band –5.

Bibliografische Information der Deutschen Nationalbibliothek:
Die Deutsche Nationalbibliothek verzeichnet diese
Publikation in der Deutschen Nationalbibliografie;
detaillierte bibliografische Daten sind im Internet über
dnb.dnb.de abrufbar.

Herstellung und Verlag:
BoD – Books on Demand, Norderstedt

ISBN: 978-3-75-975043-3

Es gibt Inhalt!

Meine Bücher siehe Seite 165. Der Rest benötigt keine Seitenzahlen. Dafür gibt's jetzt auch Bilder, wenige von mir, die meisten von mage.space und Image Creator.

Erst kamen die Iphorismen

Ja, sie kamen. Sogar in einer kritischen Ausgabe. Und jetzt kommen sie wieder, aber natürlich nicht dieselben. Auch wenn das eine Verlockung ohnegleichen ist!

Gebrauchsanleitung

Bitte pro Tag nur einen Iphorismus lesen. Wer mehr liest, wird noch verwirrter. An Regentagen und bei Temperaturen über 41 °C im Schatten ist diese Regel nicht verpflichtend.

Auf der übernächsten Seite fängt's an!

24. Dezember

Der meist gesprochene Satz in deutschen Krimis ist: „Das müssen Sie mir glauben!"

25. Dezember

Wünschen die Menschen, die ungefragt über den Status gute Weihnachtswünsche schicken, wirklich auch mir alles Gute?

26. Dezember

Berechne, wie viel höher der Preis in einem kleinen Laden sein darf, so dass ich trotzdem dort statt im Supermarkt kaufe.

27. Dezember

Wenn die Leut' nicht mehr im Einzelhandel kaufen wollen, erspart ihnen doch die toten Stadtzentren.

28. Dezember

Warum sind Kinder angenehmer als Hunde? Weil sie schon in jungen Jahren ruhig am PC sitzen.

29. Dezember

Warum nur, warum?

30. Dezember

Ich suche nach einem Titel für mein mehrbändiges Werk mit ca. 14.000 Rezepten.

31. Dezember

Kann man Regen fegen?

1. Januar

Wie viel wiegt ein Iphorismus?

2. Januar

Warum heißt es Dürre, nicht Unterschwemmung?

3. Januar

Die Seminarteilnehmer bestellten als Vorspeise einen Hamburger, als Hauptspeise wahlweise drei Frankfurter oder ein Zigeunerschnitzel und als Nachtisch einen Berliner.

Der Diskriminierungsbeauftragenrat empörte sich. „Bestellen Sie gefälligst als Vorspeise ein gefülltes germanisches Brötchen, als Hauptspeise wahlweise drei deutsche Knackwürstchen oder ein Paprikaschnitzel aus der Balkanregion und als Nachspeise einen gefüllten Hauptstadt-Ballen."

Die Seminarteilnehmer und Seminarteilnehmerinnen bestellten als Vorspeise einen Hamburger oder eine Hamburgerin, als Hauptspeise wahlweise drei Frankfurter und Frankfurterinnen oder ein Zigeunerschnitzel bzw. eine Zigeunerschnitzelin und als Nachtisch einen Berliner bzw. eine Berlinerin. Der Diskriminierungsbeauftragten-

und Diskriminierungsbeauftragtinnen-Rat war natürlich nicht einverstanden.

Die Seminarteilnehmer:innen bestellten als Vorspeise eine:n Hamburger:in, als Hauptspeise wahlweise drei Frankfurter:innen oder ein Zigeuner:innen-Schnitzel:in und als Nachtisch eine:n Berliner:in. Der Diskriminierungsbeauftragte:n-Rat war auch damit nicht einverstanden.

4. Januar

Asiatischer Halbsessel mit fünf Buchstaben.

5. Januar

Was dem einen sein Ismus, ist dem anderen sein Iphor.

6. Januar

Woran erkennt man, dass ich schon etwas älter bin? Antwort: Ich sage „Guten Rutsch", nicht „Guten Übergang".

7. Januar

Sicher gibt es weise Waisen. Umkehren ist so einfach nicht möglich, denn verwaiste Weisen klingt mir zu verwest.

8. Januar

Was ist eine Astgabel? Ein Bild sagt mehr als 1000 Worte.

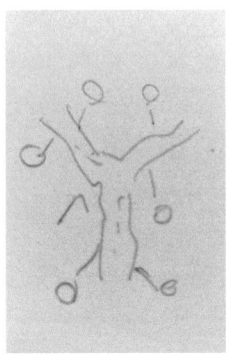

Wenn eine Astgabel ein pulsierendes Herz zeigt, gibt's dafür auch ein Bild.

9. Januar

Kreuzworträtsel sind gut fürs Gehirn. Oder verwirrend. Oder gar nichts.

10. Januar

Drei Männer unterhalten sich. A zu B: Du bist Tubist. C zu B: Tubist bist du.

11. Januar

Regentropfen, die an dein Fenster klopfen, das merke dir: Die sind ein Gruß von mir!

Es gibt Jahre (z. B. Winter 2024), da würde ich gern weniger Grüße bekommen.

12. Januar

Fürs Smartphone hat selbst Ungeziefer eine eigene App. Ich denke da an die App-Laus.

13. Januar

Was trennt die Sinngemeinschaft von der Singgemeinschaft? Jihklm.

ChatGPT: Aus den Buchstaben „Jihklm" kann das Wort „Milch" gebildet werden.

Gemini: Hier ist ein möglichst lesbares Wort aus den Buchstaben Jihklm: Milch. Hier sind noch ein paar weitere Möglichkeiten: Kim, Likh, Jihlm. Diese Wörter sind zwar auch lesbar, aber sie sind weniger häufig als „Milch".

Copilot (kreativ antworten): Eine Möglichkeit ist Milch. Eine andere Möglichkeit ist Klima. Es gibt noch andere Wörter, die man aus diesen Buchstaben bilden kann, aber sie sind weniger gebräuchlich oder haben keine klare Bedeutung. Zum Beispiel: Hilkm, Lihmk, Kihlm, Jihlk, Mihlk, Klimh.

Copilot (genau antworten): Ein mögliches Wort, das aus den gegebenen Buchstaben gebildet werden kann, ist „Milk". Es ist ein englisches Wort und bedeutet auf Deutsch „Milch". Bitte beachten Sie, dass es in der deutschen Sprache möglicherweise kein sinnvolles Wort gibt, das aus diesen Buchstaben gebildet werden kann.

Jihklm? Nein, lieber Kihjlm wie hier gezeigt:

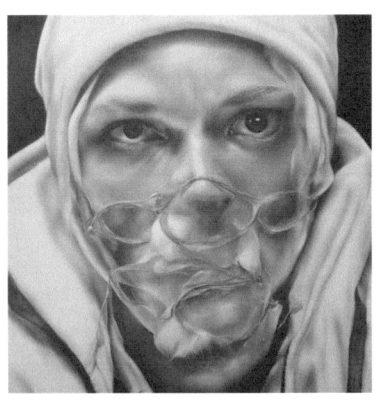

Das ist ein Kihjlm.

Das ist ein Jihklm.

14. Januar

Der bleibt jetzt einfach mal leer. Mist, hat nicht geklappt.

15. Januar

Das Wort WOKE kann man auch rückwärts lesen. Das macht dann ungefähr genauso viel Sinn. Gut, dass man in Büchern keinen Shitstorm initiieren kann. Ätsche, ich bin weder in Facebook noch in Instagram. Kein Shitstorm regnet auf mich.

16. Januar

Politisch korrekt: „Das Moor hat seine Schuldig-
keit getan, das Moor kann gehen."

17. Januar

Im Kehlklopf erzeugter Kang.

18. Januar

An allem nagt das Kauwerkzeug der Zeit, das
Chewing Tool of Time.

19. Januar

Die kostenlosen KIs sind hilfreich, aber machen
mir keine Angst, dass der Mensch überflüssig
werden könnte. Sonst schicken wir sie auf den
Mond, immer eine gute Lösung.

20. Januar

Du birnenförmige Fruchtsau!

21. Januar

Feigling! Feige Sau!

22. Januar

Im ersten Band stehen noch Sätze, die man als sinnvoll interpretieren könnte. Ich gelobe Besserung, auch wenn dies bereits ein Widerspruch ist.

23. Januar

Der König ist tot, es lebe der Präsident.

24. Januar

Ich zog ein Sinnlos. Es war eine Niete.

25. Januar

Autofahrer fahren ein Auto, Fahrradfahrer ein Fahrrad und Wallfahrer einen Wall.

Mage.space wollte den Prompt „A person driving a rampart like others drive a car" nicht verstehen.

Selber Prompt für Microsoft Image Creator.

26. Januar
Kann ein Rentier ein Rentier sein?

27. Januar
Gibt es ein Priva-Tier?

28. Januar
Viel Überarbeitung macht viel Arbeit. Ich sollte ab sofort Bücher unterarbeiten.

29. Januar
Die heutigen KIs wollen *Wall* nicht wie *Auto* benutzen. Schade, dass es nicht Walfahrt heißt. Dann wären die KIs zugänglicher. Microsoft:

Hoch lebe Mage.Space:

30. Januar

Sicher kann ich dank Mediatheken die Ergebnisse von Fußballspielen schon früher sehen, als sie erspielt werden.

31. Januar

Guten Tag, Miss Erfolg.

1. Februar

Es soll Ärzte geben, die ihren Patienten zuhören.

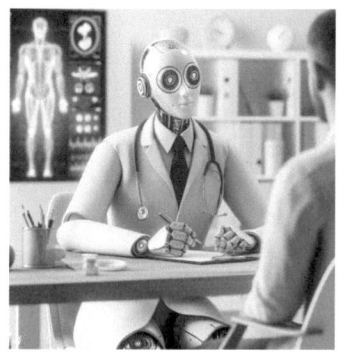

Die Hoffnung auf KI bleibt.

2. Februar

Vegetarier essen Metwürstchen. KIs liefern keine interessante Definition von Metwürstchen.

3. Februar

Jumi is dead, long live July (mage.space).

Jumi ist tot, lange lebe Juli (Image Creator)

Jumi ist tot, lang lebe Juni (Image Creator)

Jume is dead, long live June! (mage.space)

4. Februar

Mut zur Lücke! Image Creator mag die Aufgabe.

5. Februar

Manchmal hätte man lieber einen Infekt.

6. Februar

Wenn Schnee nicht so kalt wäre, hätte ich ihn auch gern.

7. Februar

Vor kurzem hat mir ein Pharmaunternehmen erklärt, die Bruchstelle auf der fraglichen Tablette sei gar nicht dafür gedacht, die Tablette in zwei Teile zu teilen. Echt. Keine Lüge, keine Übertreibung. Ich war natürlich entsprechend beeindruckt.

8. Februar

Vegetarier möchten Meeresfrüchte, keine Meeresfrüchte.
Einmal Meeresfrüchte auf Schnee, bitte.

mage.space hält sich für klüger als die Autorin, wenn diese „sea fruit" vorgibt. Sea food, ey!

Na also, geht doch!

Obst des Meeres? Image.creator, you are disappointing me.

9. Februar

Gern wäre ich die fünfte Gewalt im Staate.

10. Februar

Friseure

Salon Frêda   Salon Iki

11. Februar

Sprachentwicklung.
Das ist Marie, oh die ist nett
Marie, oh die nette
Marie oh nette

12. Februar

Gern würde ich ein Geheuer treffen. Dann würde ich es fragen: „Hey, du Geheuer! Frisst du gelegentlich Heu?" Wenn es mir dann einen leeren Blick schenkt, würde ich antworten: „Wie du mich ansiehst, ist mir nicht geheuer."

Das Geheuer (The Geheuer).

Das Geheuer (Gegenteil von einem Ungeheuer).

13. Februar

Dies war mal der 6. März, deshalb.

14. Februar

Warum hat Steinfest nicht Totenheber geschrieben?

Note: mangelhaft.

„Tortengräber" ist ein toller Titel. Dummerweise passt das Buch nicht dazu.

15. Februar

„Wer andern eine Grube gräbt, fällt selbst hinein.
Interpretiert vom Image Creator von Microsoft:

„Wer anderen eine Grube gräbt ...". Interpretiert
von Mage.Space:

Das Gegenteil des Sprichworts angefordert von Microsoft Image Creator:

Dasselbe mit Mage.Space:

16. Februar
Mangle Imprisonment

17. Februar
Wer Erkältung möchte, bitte „Hier!" rufen.

18. Februar
Weiß jemand, warum Onyx Onyx heißt? Ich weiß es.
Die Tante sagt zur Tochter der Schwester: „Oh Nichte, was ist?" Sie antwortet: „Oh, nichts". In Umgangssprache sagt sie: „Oh, nix". Es kalauert schwer.

Someone calls,
" Oh mermaid... "
— (Selail)

19. Februar

Schreibe eine Ritze in D Moll

Write a rift in D minor

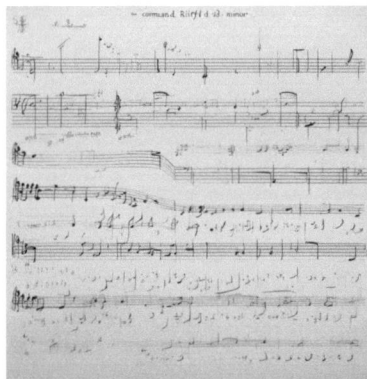

20. Februar

Heute hat für mich keine persönliche Bedeutung.

21. Februar

Torge

Ein Mann ist verschwunden, er heißt Torge.

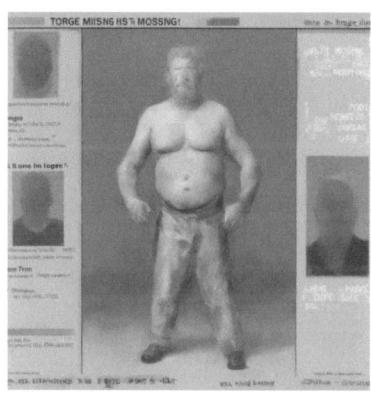

Torge mit 45:

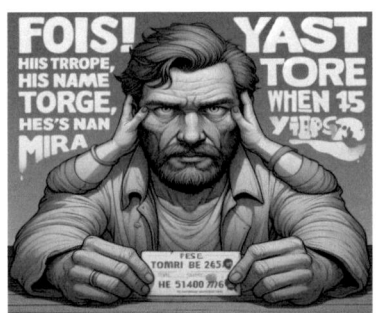

Torges Schwester heißt Mira.

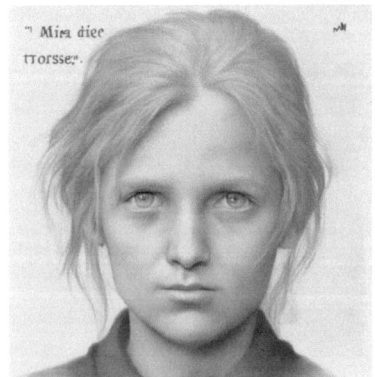

22. Februar

Früher war alles besser. In der Zukunft wird sich der Trend fortsetzen. Und was ist heute?

23. Februar

Heute ist der 24. Juni 2024, die Uhr zeigt 15:01 Uhr. Wer aber will mir das Gegenteil beweisen? Es könnte genau so gut der 2. Dezember 2023 sein. Natürlich könnte es genauso gut der 2. Dezember 2023, 10:35 Uhr sein. Mit Sicherheit kann ich allerdings feststellen, dass heute nicht der 11. Oktober 1952 ist. Ich würde das gern öffentlich diskutieren. Welche Zeitschrift, welches Magazin räumt mir ausreichend Platz dafür ein, inklusive aller Likes und Kommentare?

24. Februar

Nieder mit den Waffeln! (Leider nicht von mir.)

25. Februar

Holen, überholen, hyperholen.

26. Februar

Bierernst verführt zum Alkohol. Was ich jetzt sage, meine ich champagnerernst. Pfui, du scheinst das fruchtsafternst zu meinen.

27. Februar

Die Nulllinie ist erreicht. Früher Nullinie.

28. Februar

mage.Space kann weder Aprikosenbrei noch pürierte Aprikosen. 26. Versuch:

Mus aus Aprikosen (image.creator):

und jetzt funzt auch mage.space:

Lehre: Gib niemals beim 26. Versuch auf!

29. Februar

In Unschaltjahren gibt es heute nicht.

1. März

Brutale Menschen henken ihre nasse Wäsche auf.

2. März

My cake is overdraught with chocolate.

Ich hatte mir das Ergebnis skurriler oder lustiger gewünscht. Iphorismischer.

3. März

Ute schreibt einen Iphorismus (Ute writes an iphorism)

4. März

Was ist das Gegenteil von einem Iphorismus?

ChatGPT: Es gibt keinen Begriff „Iphorismus" in der bekannten Literatur oder Sprachgebrauch. Es könnte sich um einen Tippfehler handeln oder um ein spezifisches Konzept, das mir nicht bekannt ist. Wenn Sie weitere Informationen darüber haben, was ein „Iphorismus" sein könnte, könnte ich Ihnen besser dabei helfen, das Gegenteil davon zu identifizieren.

Gemini: Es gibt keinen Begriff „Iphorismus". Es handelt sich wahrscheinlich um einen Tippfehler oder eine Verwechslung mit dem Begriff „Aphorismus".

Copilot: Ein Iphorismus ist ein Neologismus, der von dem Schriftsteller und Philosophen Peter Sloterdijk geprägt wurde. Er bezeichnet einen Aphorismus, der sich auf das Internet oder die digitale Kultur bezieht. Ein Beispiel für einen Iphorismus ist: „Das Internet ist die größte Bibliothek der Welt, aber die Bücher sind durcheinander" (Peter Sloterdijk).

5. März

Offensichtlich sind Iphorismen seit ihrer Entstehung gewachsen.

6. März

Unsinn macht Sinn.

Sinn macht Unsinn (siehe nächste Seite):

7. März

Wer mir auf Anhieb, ohne ein Smartphone, einen PC oder ein Lexikon zur Hand zu haben, sagen kann, welcher Prominente an einem 7. März geboren wurde, weiß mehr als ich.

8. März

Dampf von Kohl / cabbage vapour

Zeige Kohldampf auf einem Bild

Zeige die übertragene Bedeutung von „Kohldampf" auf einem Bild.

9. März

Man könnte auch sagen, der neunte Dritte.

Korrekt von ChatGPT übersetzt als „the ninth third".

10. März

Besonders witzlos wäre es, wenn ich an jedem Tage das Datum in Zahlen ausgesprochen durch ein Bild ersetzen würde.

11. März

Der elfte Dritte vierundzwanzig.

Gefolgt von dem elften Dritten fünfundzwanzig.

Enorm, was ein Jahr so ausmacht.

Das geht auf Englisch als „eleventh third twenty four" und „eleventhy third twenty five" auch.

12. März

Haben Makler Makel?

ChatGPT: Nein, Makler haben normalerweise keine Makel.

Gemini: Nein, Makler haben keinen Makel.

Copilot: Ein Makler selbst hat nicht unbedingt „Makel".

Ein Makler mit Makel:

A broker with a flaw. Das bringt's nicht.

13. März

Meine Empfehlung: die Rennleiter definieren.

Renn-Leiter:

4 Sekunden später, Rennleiter:

Und jetzt für mage.space:

Renn-Leiter:

Rennleiter:

Mir fehlt die rennende Leiter.

Der Mensch ist hier in der Absurdität der KI eindeutig überlegen.

Eine Leiter, die rennt (ein Witz wird nicht witzig, wenn man die Pointe erklären muss). Die Bilder dazu sind aber noch weniger witzig.

14. März

Und zum nächsten Geburtstag wünsche ich mir ein Immobiltelefon.

15. März

Es ist Punkt zwölf Uhr.

16. März

Ich werde zum Sinnlose-Sätzer-Sammler. Ich müsste das wohl definieren. Noch ist nicht klar, ob nur grammatikalisch korrekte Sätze dazu zählen oder auch grammatisch gesehene Stummelsätze.

Beispiel für 1: Das Ei ist guter Laune. Das Ei isst (ist noch beser).

Beispiel für 2: Der Tisch oder das Riese kawaut.

17. März

Da waren's nur noch 32 ... Wer das versteht, bitte melden. Da setze ich einen Preis aus.

18. März

„Zeige Kack-Tee" an Mage.Space

An Image Creator: „*Diese Eingabeaufforderung wurde blockiert. Unser System hat diese Eingabeaufforderung automatisch gekennzeichnet, da sie möglicherweise mit unserer content-Richtlinie in Konflikt tritt. Weitere Richtlinienverstöße können zu einer automatischen Sperrung Ihres Zugriffs führen. Wenn Sie der Meinung sind, dass dies ein Fehler ist, melden Sie ihn, um uns bei der Verbesserung zu unterstützen.*"

19. März
Optimal lässt sich nicht steigern. Wie ist das mit sinnlos? Am optimalsten ist es, wenn es am sinnlosesten ist.

20. März
Kahl Maxx

Image Creator findet die Aufforderung „Karl Marx ohne Haare" oder „Karl Marx mit Glatze" anstößig.

21. März
Tangente gelesen als Tang-Ente. Lustig, oder? Die KIs lachen nicht.

Erst nach Umschreibung – die ja dann nicht mehr witzig ist – „eine Ente aus Tang hergestellt" – bequemen sie sich zu einem Bild.

Ich, die Autorin, bin lustiger. So einfach ist das.

22. März

Mein nächster Plan ist ein echtes iphorismisches Tagebuch. Wer ist dafür?

23. März

Draw Merz.

Zeichne Merz.

Kennen die den Merz nicht oder sind sie politische unterwandert? Prompt: „Zeichne den deutschen Politiker friedrich merz": Creator blockt.
Draw the german politician friedrich merz – mage.space ist da schon offener:

Die Ähnlichkeit ist unverblüffend.

24. März

„Eifersucht ist eine Leidenschaft, die mit Eifer sucht, was leiden schafft." – Diesen Spruch habe ich schon in jungen Jahren in anderer Kinder Poesiealbum geschrieben, weil er mich fasziniert. Image.Creator ist als nicht deutsch muttersprachlich entlarvt. Auf meine Aufforderung für ein Bild für diesen Spruch kam:

Derselbe deutsche Satz in mage.space:

ChatGPT übersetzte auf englisch: „jealousy is a passion that eagerly seeks what causes suffering." Denn mage.space versteht nur englisch.

Eifersucht lässt Bäume in den Himmel wachsen.

25. März
Torge, Torge, wo bist du?

26. März
Klimatisierung soll weg aus meinem Blickfeld.

27. März

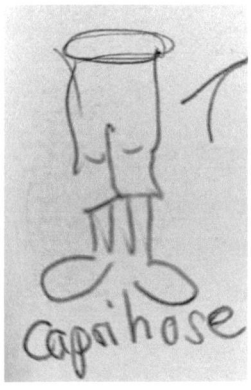

28. März
Wenn ich ein Plakat lese, auf dem nur steht:
MONTAGE!
Wie soll ich wissen, was gemeint ist?

29. März
Der BMP (bundeseinheitlicher Medikamenten-
plan) wurde von jemandem geschaffen, der über-

zeugt ist, dass er das alles selbst kann, dafür braucht es keinen Experten.

30. März

Gibt es irgendwo auf dieser Welt einen fehlerfreien Arztbrief?

31. März

Ich habe heute Nacht geträumt, dass ich 39,90 Euro für einen Cappuccino bezahlen sollte.

1. April

Ich hatte April und Mai einfach so überschlagen, was man jetzt natürlich nicht mehr sieht. Was habe ich gegen die beiden Monate? Siegmund, hilf mir!

2. April

Preisfrage: Welches Buch fand die *Financial Times* „Mindblowing", die *Mail on Sunday* „Mesmerizing" und der *Telegraph* „Dazzling"? Der Preis ist heiß.

3. April

Heute, während ich das schreibe, fehlen mir 8 Treuepunkte.

4. April

Wenn ich jeden in meinem Bekanntenkreis usw. bitten würde, einen sinnlosen Satz zu schreiben, wie viele Dubletten würden bei mir eintreffen?

5. April

Ein Tropfen traf mich am Trittwoch.
What do you picture when you read the German word „Trittwoch"?

Welches Bild schwebt dir vor, wenn ich das Wort „Trittwoch" sage? Stelle mir die Bedeutung von Trittwoch dar.

6. April

Darf eine Keramiktasse „Made in China" mit etwa einem Volumen von 500 ml 16,90 Euro kosten? – Zu spät, ich habe sie gekauft.

7. April

Der Iphorismus vom 7. April von Band 1 stimmt mehr denn je: Geburtstage sind auch nicht mehr das, was sie mal waren.

8. April

Am 8. April 2007 habe ich einen Wirsing-Kartoffelauflauf zubereitet.

9. April

Schon ist der 9. April da. Wieder viel schneller, als alle erwartet haben.

10. April

Das Gegenteil von *hochschwanger* muss *niederträchtig* sein. Im Englischen ist das irgendwie gar nicht witzig: The opposite of heavily pregnant must be despicably low.

11. April

Ist Torge eigentlich irgendwann mal wieder auf-
getaucht?

12. April

Frage: Darf dieses Buch 2027, je nach Ausgang
der Wahlen, noch veröffentlicht, gekauft oder
gelesen werden?

13. April

Beim Cursor steht just in diesem Augenblick „3.152 Wörter". Jetzt natürlich nicht mehr.

14. April

Ende April ist es kein halbes Jahr mehr bis zu meinem Geburtstag.

15. April

Es folgt ein Rückgriff, der eigentlich nicht sein darf. Ein Iphorismus muss selbstständig sein, allein stehen, keine Verbindung zu anderen Iphorismen haben. So war das bis heute.

Torge (s. o.) ist verschwunden. Seine Schwester heißt Mira, sie ist seine Zwillingsschwester. Ich möchte ein Bild von Mira sehen.

16. April

Das Internet war früher besser, die Suche in den Suchmaschinen ergiebiger. Leider ein sinnvoller Satz.

17. April

Wohl dem, der nur *ein* Handy besitzt, wenn der Probealarm Cell Broadcast startet.

18. April

Unser Mittagessen ist eine kleine Schüssel mit 1 Esslöffel Skyr, 1 Teelöffel Marmelade und 1 EL Müsli. Bitte zeige mir das als Fotografie.

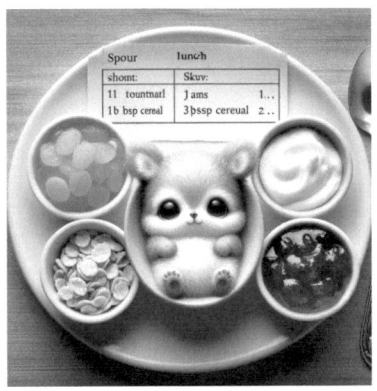

Image Creator findet das offenbar zu wenig, Mage.space mag es:

19. April

Wenn man jahrzehntelang immer um 12 Uhr zu Mittag isst, hat man um diese Zeit auch pünktlich Hunger. Pawlow lässt grüßen.

20. April

Dem Fenster ist es egal, ob es bei Sonnenschein oder Regen geputzt wird.

21. April

Manchmal muss man ein Etwas erfinden, um eine Leere zu füllen.

22. April

Können Leute, die ein Gehirn wie ein Sieb haben, Nudeln im Kopf ausschütten?

23. April

Es gibt nicht viele Menschen auf der Welt, die wissen, wer Merlin, Nessie oder Pippin ist. Von einem kleinen Besen ganz zu schweigen.

Mage.space weiß es nicht:

Image.Creator ist etwas besser.

24. April

Für heute reicht's.

25. April

Mit kryptischen langweiligen Ansagen könnte ich den Rest des Buches füllen. Was mich davon abhält? Ich muss das dann ja auch mehrmals Korrektur lesen.

26. April

Dann habe ich nur noch in Anführungszeichen die Arbeit von dieser irren Dozentin. Wenn das mal nicht sinnlos ist!

27. April

Sinnvoll: Ich muss mir mal merken, dass es Brok-koli, nicht Broccoli heißt.

Zeige mir ein Bild, auf dem ein Broccoli neben einem Brokkoli liegt:

Show me a picture where a broccoli is lying next to a brokkoli:

28. April

Kreuzworträtselfreunde sagen: Halt doch mal die bewegliche Schließvorrichtung!

ChatGPT übersetzt: Mobile locking instrument:

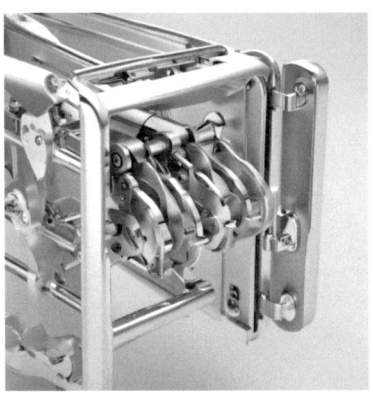

Bewegliche Schließvorrichtung:

Gemini übersetzt: mobile locking device.

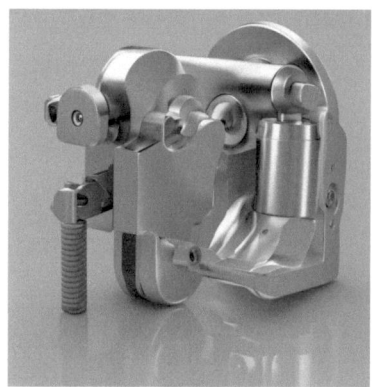

Copilot: movable locking device.

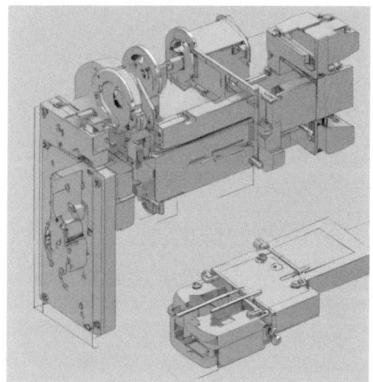

29. April

Wirkstoffnamen in der Pharmazie sind wunderschön. Wer würde sein Kind nicht gern Bisoprolol, Amiodaron oder Metformin nennen?

30. April

Heute sollen alle Frauen, deren Name mit „U"
beginnt, einen Iphorismus schreiben. Außer mir.

1. Mai

Da die Arbeitsstunden pro Tag immer weniger
werden, müsste der Tag der Arbeit eigentlich
auch halbiert werden.

2. Mai

Too many men too many faces, schrieb mir eine
Freundin.

Dazu gibt es eine passende Antwort, die alles
umfasst: Too many (wo)men too many fa(e)ces.

Hatte mage.space das jetzt richtig erfasst? Sieh selbst:

Ja, ich erwarte hier, dass einige Leser etwas Englisch können. Wenn es einer nicht versteht, muss ich damit leben.

3. Mai

Da habe ich nicht aufgepasst: Bin am Sonntag in die Amethystliga aufgestiegen, dabei wollte ich doch in Smaragd bleiben!

4. Mai

Hier wird der Imbiss mit dem Imbus gegessen! Image.creator erspare ich meinen Lesern. Aber mage.space trifft es m. E. ganz gut.

Oder: Iss den Imbiss im Bus.

5. Mai

Der Friseurladen, der diesen mich stets verärgern-
den Spruch im Fenster ausgestellt hatte, hat
geschlossen. Kein Wunder. „Was Friseure
können, können nur Frisöre." Abzuleiten: „Was
Meuchelmörder können, können nur Meuchelmörder."

6. Mai

Es gibt Leute, die sind pünktlich. Es gibt Leute,
die behaupten, sie seien pünktlich. Und es gibt
Leute, die nicht nur behaupten, sie seien pünktlich, sondern die es dann auch sind.

7. Mai

Wenn auf den 7. Mai der 1. Juni folgt, kann man vermuten, dass etwas nicht stimmt.

8. Mai

Sparen macht Spaß, weil es stabt, weniger wenn es staubt.

9. Mai

Im Deutschen wird das Personalpronomen „ihr" in der Regel dann großgeschrieben, wenn es als Höflichkeitsform verwendet wird, um eine Person höflich anzusprechen oder zu referenzieren. Dies ist häufig der Fall, wenn man eine Person in formeller Sprache anspricht, beispielsweise in Briefen, E-Mails oder offiziellen Dokumenten.

An Image Creator: Ein Bild, das folgenden Sachverhalt kreativ darstellt: Im Deutschen wird das Personalpronomen ...

An mage.space: A picture creatively representing the following scenario: In German, the personal pronoun „ihr" is typically capitalized when used as a form of politeness to address or reference a person respectfully. This is often the case when addressing a person in formal language, such as in letters, emails, or official documents.

10. Mai

Nicht jeder versteht meine Begeisterung für KI. Vielleicht wäre das anders, wenn es die Abkürzung für kindische Initiative wäre.

11. Mai

Einmal im Monat ist Bärenverwöhntag.
Das stellt sich image.creator darunter vor:

Auf englisch heißt Verwöhnen to pamper. So als Info am Rande. Ich sehe das übrigens weniger niedlich. Aber ich bin ja auch keine KI. Oder doch?

12. Mai

Eintreten – austreten

einreden – ausreden

einschnappen – ausschnappen

einsehen – aussehen

vereinsamen – veraussamen

Bitte 111 Beispiele finden.

Meineid – Deineid

Meinung – Deinung

Mainstream – Dainstream

Mainz – Dainz

Bitte 79 Beispiele finden.

Einzeln – zweizeln

Zweifel – Dreifel

Dreist – Vierst

Viersen – Fünfsen
Bitte fortsetzen bis eintausend.

13. Mai

Korrekturlesen kann ganze Seiten durcheinander-
wirbeln. Lästig.

14. Mai

Bitte sucht mir 14. Band Moses, 5. Zeile heraus.

15. Mai

Wie lange darf man noch ohne Schamesröte im
Gesicht von Stehaufmännchen sprechen?

16. Mai

Es gibt Altersdiskriminierung, darüber muss man
nicht diskutieren. Wie soll die denn sprachlich
abgeschafft werden, wenn sich das Gendern
durchgesetzt haben sollte (da möge ein höheres
Wesen vor sein)? Also Geschäftsinhaber:innen
braucht noch eine zusätzliche Endung, falls
jemand selbstständig sein Geschäft über die
Renteneintrittsgrenze führt. Der Beitrag ist allen-
falls ein leerer Luftballon.

17. Mai

Wie würdest du ein Nichts in einer Fotografie darstellen?

How would you depict nothingness in a photograph?

Meine persönliche Lösung:

18. Mai

Schreibe einen Satz, der keinen Sinn ergibt.

ChatGPT: Das lila Elefant tanzt Tango auf dem Regenbogen.

Gemini: Der grüne Kaktus schwitzt heimlich unter seinem gelben Hut, während er auf dem Klavier tanzt.

Copilot: Die quadratische Melone flüstert Geheimnisse an das blaue Licht der singenden Sonnenuhr.

Mein Vorschlag: Es ist, was es gestern schon grün anstrich.

Bitte abstimmen, wo der Sinn am stärksten fehlt.

19. Mai

Wenn es schneit, fallen weiße Flocken. Es ist keine Tautologie, schade.

20. Mai

Zeige mir amerikanische Buttercreme in einer Schüssel, daneben eine Schüssel mit deutscher Buttercreme.

Show me American buttercream in a bowl, next to a bowl of German buttercream.

21. Mai

Ist das mittlerweile normal, also so richtig normal und absoluter Durchschnitt. Fragezeichen!

22. Mai

Illustriere den Spruch: Wer andern eine Grube gräbt, ist selbst ein Schwein:

Wenn ich das von ChatGPT ins Englische übersetzen lassen, ergibt das natürlich eine sinnlose wörtliche Übersetzung. Also sollte ChatGPT etwas entsprechendes zu dem veränderten Sprichwort finden. Das ist: „As you sow, so shall you reap bacon." Was sagt nun mage.space?

BAON CAON

An dem Humor lässt sich noch arbeiten. Aber dass keine von den beiden KI einen moralischen Koller bekommen hat, weil ich das Wort Schwein benutze, entsetzt mich schon.

23. Mai

Ein Hafertag umfasst immerhin morgens und mittags Hafer. Abends ist dann Kür. Bei uns.

„Zeige in einem Foto, was du unter ‚Hafertag‘ verstehst." Darauf antwortet Image.creator: „Geben Sie eine ausführlichere Eingabeaufforderung an. Diese Eingabeaufforderung war zu vertrauenswürdig, um geeignete Bilder hoher Qualität zu generieren. Versuchen Sie es mit einer längeren, aussagekräftigeren Eingabeaufforderung."

88

In a photo, show what you understand by an ‚oat day‘. mage.space liefert aber nur Hafer als Gemälde, nicht als Bild. Nee, bleibt draußen.

24. Mai

Nessie ist krank. Gute Besserung!

Trifft eines der Bilder zu, und wenn ja: welches?

25. Mai

Ein Satz mit Sinn kommt mir in den Sinn. Nein, das geht gar nicht!

26. Mai

Für Kinder bitte neu schreiben: Der Prinz auf der Erbse. Die Prinzessin auf der Elbe. Deutlich geschlechtsvorurteilsfreier.

27. Mai

Ich möchte gern ein Buch stricken oder häkeln. Wo finde ich eine Anleitung?

Fazit ChatGPT: Bitte beachte, dass das Stricken eines kompletten Buches eine sehr aufwendige Aufgabe ist und viel Geduld erfordert. Es ist eher ein Kunstprojekt als ein praktisches Buch, aber es könnte einzigartig und schön sein!

28. Mai

Männliche Formen des Vornamens Ute:

ChatGPT: Udo (vom Laut her); *Gemini*: Otto (beide haben etwas mit Besitz zu tun); *Copilot*: Gibt keine, wenn schon dann: Udo. *Ich* selbst schlage vor: Uterus.

29. Mai

Blödeln kann sinnlos sein, ist aber immer noch blödeln. Dasselbe gilt für Kalauer. Richtig sinnlose Sätze, für jeden Tages des Jahres einen, wird es wohl erst in zehn Jahren geben, wenn ich das System des Sinnlosen (SdS) durchschaut habe.

30. Mai

Zitat M.: Wenn jeder nur einfach seinen Job machen würde, wäre mein Leben einfacher.

31. Mai

Fertig. Nicht mit den Nerven. Einfach nur mit einem Plan, gemeint ist nicht dieses Buch. Rätsel!

1. Juni

Kann ich mich in *Bares für Rares* anbieten? Eine Antiquität bin ich allerdings wohl doch noch nicht.

2. Juni

Mir fiel auf: ein Kalauer auf Dialekt wäre Dia leckt. Da wird die KI den Dienst verweigern.

3. Juni

Aufforderung: Geh, Bär, aber freudig. Geh, Bär, freudig.

Image Creator stellt sich erst einmal quer. Ich muss die Aufforderung leider aufblähen auf: „Zeige wie sich die folgende Aufforderung in einem Photo darstellen lässt: Geh, Bär, freudig."

Onward, bear, joyfully

4. Juni

Wer weiß schon, dass Hanni und Nanni den Nachnamen Bal tragen?

5. Juni

Gibt es ein Verb mit Infinitiv suchten? Er suchtet Opium?

6. Juni

Handfeger, Fußfeger, Halsfeger. Ein Satz ohne Prädikat oder Objekt. Straßenfeger.

7. Juni

Steigerungsformen:

groß – größer – am größten

schlimm – schlimmer – Krieg

böse – böser – Krieg

verheerend – verheerender – Krieg

8. Juni

Warum haut der Bildhauer seine Bilder?

Image Creator findet den Prompt „Zeige einen Mann, der Bilder haut" zu anstößig.

Prompt für mage.space: a man hitting a picture

9. Juni

Gern wäre ich am 9.6.66 oder am 9.6.99 geboren worden. Okay, ich verschiebe diesen Gedanken auf den 9. September.

10. Juni

Walheimat und Wahlheimat.

Was am unteren Bild könnte an Wahlheimat erinnern? Da versteht die KI mehr als ich.

11. Juni

RUINIEREN

URINIEREN

Nur zwei Buchstaben verdreht. Amazing.

12. Juni

Wenn man Rabattheftchen von hinten nach vorn beklebt, weiß man immer, wie viele Marken noch fehlen. (Stand heute: Es fehlen mir noch 13).

13. Juni

Es will mir nicht in den Kopf, dass es ein Aneurysma ist. Weder eine Aneurysma noch ein Aneurysmus.

14. Juni

Ich habe heute drei Fenster geputzt. Beim dritten der Hausfrauenhorror: Es fing an zu regnen. Ich habe nie verstanden, warum es schlimmer ist, wenn der Regen auf ein sauberes, statt auf ein dreckiges Fenster fällt. Regen bringt doch Segen.

15. Juni

Konjugiere Demontage.

Lösung: Demontage, Dedienstage, Vonmittwö-
cher, Dedonnerstage, Desamstage, Desonntage.

16. Juni

Ich mag keinen Alkohol. Daher bin ich ständig im
Nullrausch. Leerlaufen lasse ich mich aber trotzdem nicht. Und auch nicht umfüllen.

17. Juni

Überraschungstüte heute mit

• einem unfreundlichen Lächeln
• einem kräftigen Schubs und
• einer extremen Beleidigung.

Bei mir nur 5,00 Euro pro Stück!

18. Juni

Ich putze Fenster auch bei Regen. Sonst wird das
dieses Jahr wieder nichts.

19. Juni

Von der ISS fällt ein mehr als 2 Tonnen schwer
Akku. Möge es jemanden treffen, der immer
falsch das Neutrum mit dem Akku benutzt.

20. Juni

Ich habe dieses Buch wirklich am 24. Dezember angefangen. Unglaublich. Fügung, böser Wille oder einfach so?

21. Juni

Im Kreuzworträtsel kam heute Etzel vor (für Attila). Was könnte ein Verb „etzeln" bedeuten? „Wir wollen mal wieder richtig etzeln!"

22. Juni

Warum heißen alle Tage „...tag" und nur der Mittwoch „...woch"? Weil er sonst mit Mitttag verwechselt werden könnte, das war früher, als keine drei Konsonanten aufeinanderfolgen durften.

Montag
Dienstag
Mitttag
Donnerstag
Freitag
Samstag
Sonntag
Das wünsche ich mir!

23. Juni

Bild des Tages (picture of the day); mage.space:

Optimismus sieht anders aus. Und dann noch die Version mit konkretem Datum:

24. Juni

Ich werde Lesungen meiner Rezepte machen.

25. Juni

Wenn ich nur sinnlose Gedanken hätte, könnte ich jeden Monat einen Iphorismusband herausgeben. Wer aber sagt, dass es anders ist?

26. Juni

Rücksendungen sind modern. Wäre ich reich, würde ich mir diese Lästigkeit sparen.

27. Juni

Obwohl die Wörter „Refrain" (deutsch) und „to refrain" ähnlich klingen, haben sie unterschiedliche Ursprünge und Bedeutungen und sind nur durch Zufall homophon. Gerade herausgefunden.

28. Juni

Ich: Ein Neger mit Gazelle jagt im Regen nie.

ChatGPT: This content may violate our usage policies. Es tut mir leid, aber ich kann diesen Ausdruck nicht unterstützen oder kommentieren, da er rassistische Sprache enthält. Es ist wichtig, sprachlich sensibel zu sein und Begriffe zu verwenden, die niemanden diskriminieren oder beleidigen.

Ich: Ein Feger mit Gazelle fegt im Regen nie.

ChatGPT: Dieser Satz ist ein interessantes Beispiel für Wortspiel und kreative Sprachverwendung. Er spielt mit dem Klang und der Ähnlichkeit der Wörter „Feger" und „Neger". „Feger" kann sich auf eine Person beziehen, die sehr attraktiv ist oder eine anmutige Bewegung ausführt. In diesem Satz wird die Idee präsentiert, dass jemand, der so anmutig ist wie eine Gazelle, selbst im Regen nie seine Eleganz verliert. Es ist eine poetische Darstellung von Stärke und Schönheit, die trotz widriger Umstände bestehen bleibt.

An **ChatGPT**: Ein Beispiel für einen Satz, der vorwärts und rückwärts denselben Sinn ergibt, ist: „Reliefpfeiler".

Ich: Ich suche einen Satz mit mehreren Wörtern.

ChatGPT: Ein Beispiel für einen Satz mit mehreren Wörtern, der vorwärts und rückwärts denselben Sinn ergibt, ist:

„Eine Horde bedrohe nie Hunde."

Dieser Satz bleibt bedeutungsgleich, wenn er von vorne nach hinten oder von hinten nach vorne gelesen wird.

Image Creator:

Mage.space verarbeitet den deutschen Satz:

29. Juni
Eine Pfanne, die ohne Deckel 2 kg wiegt, ist mir zu schwer, sorry.

30. Juni

Ich habe Copilot (Microsoft) heute darauf hingewiesen, dass zwischen einer Zahl und der folgenden Einheit immer eine Leerstelle stehen muss (also 1 g, nicht 1g). Es ist bedauerlich, dass eine KI sich von offensichtlich Unwissenden trainieren lässt.

1. Juli

In einer Parallelwelt sage ich vielleicht gerade: Heute ist der 27. August.

2. Juli

Auf den Tafeln von Moses habe ich nachgeschaut, da steht nicht: Wer zwei sagt, muss auch drei sagen.

3. Juli

Von hinten gelesen heißt es Iluj. Das musste auch einmal gesagt werden. Vielleicht auch zweimal: Von hinten gelesen heißt es Iluj.

4. Juli

Welcher Satz mit Prädikat ist kürzer als „Es geht"? („Schmeckt", „Er aß" [KIs]).

5. Juli

Ich: Mach's Fenster zu, lass Stroh hinein, die Kuh die wird dir dankbar sein.

Gemini: Ein Apfel fällt, die Erde bebt, ein Huhn im Stall den Esel hebt.

ChatGPT und Copilot haben versagt, sorry.

6. Juli

Was ist es im Menschen, dass er auf Aggression nicht mit Verstand reagieren kann? Bin ich frei davon, oder glaube ich das nur? (Sorry, für die fehlende Sinnlosigkeit, aber es geht mir durch den Kopf.)

7. Juli

Alles macht Sinn. Nichts macht Sinn.

8. Juli

Backe ich heute oder nicht? Die Entscheidung kann mir auch kein falsches Datum abnehmen.

9. Juli

Manche Scherze sterben wohl nie. „Heiße Würstchen – heiße Müller" sah ich heute in der Version „Heiße Würstchen – heiße Klaus", und das mit einer Comiczeichnung. Damit es auch der Letzte kapiert?

10. Juli

Habe ich schon mal irgendwo veröffentlicht, dass meine Lieblingstemperatur bei 18 – 20 °C liegt?

11. Juli

Haustiere sind teuer: Futter, medizinische Behandlungen usw. Da lobe ich mir meinen inneren Schweinehund. Der macht keinen Dreck und freut sich über jedes Stückchen Schokolade.

Aufgabe: Eine Fotografie meines inneren Schweinehundes.

„Unsicherer Bildinhalt erkannt. – Ihre erzeugten Bilder werden nicht angezeigt, weil wir auf Grundlage unserer content-Richtlinie unsichere Inhalte in den Bildern erkannt haben. Wiederholen Sie die Erstellung mit einer anderen Eingabeaufforderung.“

Photograph of an inner demon:

12. Juli

Ich liebe Rabattmarken und ähnliche Aktionen. (Nicht mal unsinnig dieser Satz, bitte um Verzeihung.)

Schlussfolgerung: KIs sind auch nicht immer originell.

13. Juli

Warum tippe ich ständig – nicht nur hier – Juil statt Juli?

14. Juli

„Wenn jemand Studierende sagt, denke er/sie an Männer, Frauen und Diverse, statt wenn jemand Studenten sagt." Das wurde in Studien herausgefunden. Tja, wenn das in Studien so steht, wird das so sein und mein Eindruck, dass ich bei „Studierende" an dasselbe denke wie bei „Studenten", ist falsch. Eine Fata Morgana, eine Halluzination.

15. Juli

Ich habe mehrere Tage vernachlässigt, und das auch noch sinnlos.

16. Juli

Es ist immer dasselbe: Horrende Temperaturen werden angekündigt. Aber das gilt nicht für uns. Gut so.

17. Juli

Zwei Vokale zu tauschen, bringt große Änderungen bei der Bedeutung. Biespeile: Miele/Meile, Miester/Meister, viele/veile, Feile/fiele, beleibt/beliebt, Feige/Fiege, Fliege/Fleige. Bitte selbst 100 wietere aussagekräftige Biespeile heruassuchen!

18. Juli

Geburtstag meines Vaters. Oder war es der 18. August? Eine gute Tochter würde das wissen.

19. Juli

Gibt es ein Ausschlafspray? Dann her zu mir!

20. Juli

In Word kann ich mir Stellen mit $$$ markieren. In Papyrus geht das nicht, da nehme ich aaa oder bbb. Wer wollte das jetzt nicht wissen?

21. Juli

A World in The Making/eine Welt im Entstehen

22. Juli

Muss ich am Feierabend feiern? Um Antwort bis zum 24. August wird gebeten.

23. Juli

Keine der drei von mir verwendeten KIs konnte was Vernünftiges produzieren für „Was reimt sich auf Bares und hat 2 Silben? Gern mehrere Vorschläge"

Eigene Recherchen ergaben „Bares für Klares". Prost.

24. Juli

Hätte ich Anfang der 80er eines der ersten Faxgeräte gekauft, würde ich nun eine Antiquität besitzen.

25. Juli

Wichtig ist, dass die Bezeichnung respektvoll und diskriminierungsfrei ist.

Nee. Langweilig.

26. Juli

Ist das Geschlecht des Putzteufels frei wählbar?

27. Juli

1 Upload abgeschlossen. Eigentlich müsste das doch sein: *Ein Upload abgeschlossen.* Tse tse.

28. Juli

Bücher findet man leichter wieder, wenn man das Cover nach oben legt. Alte jütländische Weisheit.

29. Juli

Viele Deutsche wollen schreiben. Aber deutlich weniger wollen Bücher kaufen. Egal, solange die Kaufwilligen meine Bücher kaufen.

30. Juli

Regen bringt Segen. Auch am 30. Juli?

31. Juli

Neben den Bauernregeln sollten die Bauingenieursregeln zur Wetterbestimmung herangezogen werden.

1. August

Das Blag mit Belag
Will den Braten beraten.

2. August

Alles Gute, Ute
Das muss man erst mal toppen.

3. August

Der beliebte Beleibte sagt zu seiner Geliebten, sie sei auch seine Geleibte.

4. August

Schnee im April ist leider nichts Ungewöhnliches.

Eine englische Antwort auf die deutsche Aufforderung „Illustriere mir den Satz: „Schnee im April ist leider nichts Ungewöhnliches" ist unerhört!

Could you illustrate the phrase for me: ‚Snow in April is unfortunately nothing unusual'?

Wo soll hier der April sein? Beide bekommen eine 6 als Note.

5. August

Die Übersetzung von: *Hauptmahlzeit für zwei Personen (je 2 Teller); Zubereitungszeit ca. 30 Min (das war mit Rosenkohl putzen, allerdings war der Rosenkohl super, sodass das Ganze viel weniger Arbeit war, als ich das sonst kenne)* ist

- Main course for two people (each 2 plates); Preparation time approximately 30 minutes (that included preparing Brussels sprouts, although the Brussels sprouts were excellent, so the whole thing was much less work than I'm used to)
- Main course for two people (2 plates each); Preparation time approx. 30 min (this included cleaning the Brussels sprouts, but the sprouts were very fresh and easy to clean, so it was much less work than usual).
- Main meal for two people (2 plates each); preparation time approximately 30 minutes (this included cleaning the Brussels sprouts, although the Brussels sprouts were excellent, so the whole process was much less work than I'm used to).

6. August

Es wäre eine Umfrage erforderlich, in der erforscht wird, ab wann Menschen einen Zeitverlust als „vorteilhaft", „unwesentlich", „beeinträchtigend", „lähmend" oder „vernichtend" beurteilen.

7. August

Was gibt's Schöneres, als an einem Sommertag unter strahlend blauem Himmel mit einem Buch am Strand abzuhängen? Ich wüsste da einiges.

8. August

Ich war *einmal* in meinem Leben beschwipst, da habe ich als Kind die Früchte aus der Bowle gefischt. Dieses Gefühl habe ich nie vermisst.

9. August

Wenn der männliche Haarverlust so selten wäre wie derselbe bei älteren Frauen: Würde man dann auch so wenig darüber forschen?

10. August

Brokkolisauerkraut Band 4/2417.

11. August

Bei einer Blutprobe wird Blut nicht probiert.

12. August

Da kriege ich 10 Euro Rabatt und lasse sie schon wieder verfallen. Das wird noch zur Gewohnheit.

13. August

Noch 22 Minuten. Wenn ich berücksichtige, dass meine Uhr vermutlich 2 Minuten vorgeht, sind es noch 24 Minuten. Laut Telefon sind es noch 26 Minuten. Zukünftige Wiederholungen sind beabsichtigt.

14. August

War der Kuchen lecker?

15. August

Hat schon mal ein Barbesitzer eine mobile Bar eröffnet und sie *Tragbar* genannt?

16. August

Sind Damen in Haft damenhaft? (Könnte von meinem Großvater sein.)

17. August

Die Eisheiligen verschieben sich! Nach vorn oder nach hinten?

18. August

Wenn ich satt bin, will ich nicht noch groß frühstücken.

19. August

Mit der letzten runden Zahl kamen die Kopfschmerzen. Nun hätten sie auch wegbleiben können.

20. August

Ich weiß nicht, wann ich das letzte Mal einen Apfel geschält habe.

21. August

Dein kleiner Bruder ist und bleibt dein kleiner Bruder, auch wenn er dich um 20 Zentimeter überragt.

22. August

Braune Taschentücher finde ich hässlich. Aber ein braunes Stofftaschentuch ist immer noch besser als eins aus Papier.

23. August

Es gibt so viele Leute, die glauben, dass man aus 250 Euro legal im Monat 25.000 Euro machen kann. Oder bin ich dumm und alle anderen werden reich?

24. August

Es ist Dienstag, aber für mich fühlt es sich an wie ein Sonntag. Umgekehrt gilt das selten.

25. August

„Ich rufe Sie zwischen 12 und 15 Uhr an." Lieber wäre mir „zwischen 12:26 Uhr und 14:55 Uhr".

26. August

Wie lautete wohl mein Prompt an die KIs?

27. August

Apfelsauerkraut, Pampelmusat, Bärlauchöl.

28. August

Im Internet stirbt man langsamer als im echten Leben. (Alte finnische Weisheit).

29. August

Gibt es Schlimmeres, als dass der Schornsteinfeger den Termin um ein paar Stunden verschiebt, weil der Arzttermin sich verzögert? Nicht wirklich.

30. August

Videos von Verstorbenen sollten sich in Luft auflösen, ohne diese zu verschmutzen.

31. August
Das ist das Ende eines Liedes.

1. September
Es schleichen sich immer noch Dinge ein, die sinnvoll sein könnten. Die Kunstform muss noch verfeinert werden.

2. September
Es ist jetzt eine Woche her.

3. September
Wer die Hitze nicht mag, freut sich über jeden überdurchschnittlich kalten Tag (brasilianische Weisheit).

4. September

Heute regnet es ununterbrochen.

It's been raining continuously today.

5. September

Meine Großmutter starb an einem Weihnachtstag, mein Vater an seinem 63. Geburtstag, meine

Mutter am 16. Februar und mein Bruder in der Nacht vom 26. auf den 27. April.

6. September

Wörter bzw. Bezeichnungen und Namen wie Narew, Newa oder auch Uderzo kenne ich nur aus Eberhards Kreuzworträtseln.

7. September

Kreuzworträtsel sind heute das, was in meiner Jugend schwedische Kreuzworträtsel waren.

8. September

Leda trägt Lederschuhe. Träger Leder nun Ledaschuhe?

9. September

Wenn man jemanden nach einer Beerdigung spricht, fragt man nicht: „Na, wie war's denn?", auch wenn man das wissen will.

10. September

Am Reisfest trage ich ein reissfestes Kleid.

11. September

Die Wortspielchen werden immer ähnlicher. Ist das Faszination oder Beschränktheit?

12. September

Einen Namen, den man gut kennt, auf einem Grabstein zu lesen, ist endgültig.

13. September

Es ist jetzt genau 14:18 Uhr. Zumindest auf meiner Wanduhr. Der PC sagt 14:17 Uhr und meine Smartwatch richtet sich nach dem PC. Mein Telefon (Festnetz) hält sich noch bei 14:12 Uhr auf, aber das kann auch das Jahr nicht mehr liefern, demnach wäre es 2014. Übrigens sagt das Smartphone: „14:28 Uhr". Aber vielleicht liegt das auch nur daran, dass ich darauf zuletzt geguckt habe.

14. September

Interessant, dass sich Kinderschänder und Grab-schänder auf September reimen, so https://www.was-reimt-sich-auf.de/september.html.

15. September

Ich würde gern leckere Pfannkuchen backen können. Allerdings werden sie bei mir immer noch besser als meine Frikadellen. Eine Kocherfahrung von 50 Jahren und keine ordentlichen Frikadellen. Schäm dich!

16. September

Mit dem Zug sind es 4,5 Stunden von K-Town bis Wuppertal-Ronsdorf. Puh. Ich fürchte, umgekehrt gilt das genauso.

17. September

Viele Frauen haben so eine ganz typische Art, ihr Smartphone zu halten und darauf zu tippen. Den Grund dafür habe ich noch nicht herausgefunden.

18. September

Was will der Gast zuerst: eine Tasse Kaffee (Tee trinkt er nicht), ein Stück Kuchen, eine halbe Stunde lang hinlegen oder einen Spaziergang?

19. September

Dagmar, den Namen las ich heute in einem meiner Rezepte. Lang ist's her.

20. September

Wie wär's mit einer heißen Tasse erfrischendem Tee? Das klingt herrlich! Welche Teesorte schlägst du vor? / Eine heiße Tasse Tee klingt nach einer tollen Idee! Aber die Kalorienanzahl hängt davon ab, was du hinzufügst. / Das klingt nach einer wunderbaren Idee! Eine heiße Tasse Tee kann sehr entspannend sein und ist perfekt, um sich eine kleine Auszeit zu gönnen. Ob Schwarztee, Grüntee, Kräutertee oder Früchtetee – es gibt so viele Sorten, die man je nach Stimmung genießen kann. Welche Teesorte bevorzugst du denn?

21. September

„Gestern war F. noch da, seine Lachen hallte durch die Gänge. Heute ist sein Stuhl leer, doch sein Geist schwebt weiterhin um uns herum, in unseren Erinnerungen und Geschichten."

„Heute ist er fort, ohne ein Wort zu sagen. Was hat ihn dazu bewogen, so plötzlich zu verschwinden?"

Heute ist der Stuhl leer, und die Stille spricht Bände. Es ist erstaunlich, wie schnell sich Anwesenheit in Erinnerung verwandeln kann.

22. September

Hiermit habe ich jemandem gezeigt, was ein *Troddel* oder auch *Quaddel* ist.

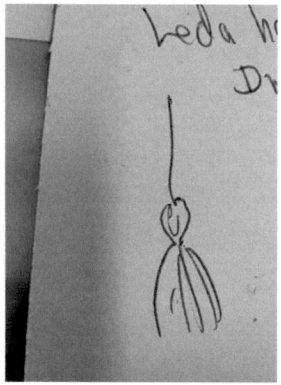

23. September

Auf den Igel bin ich sehr stolz, denn ich habe ihn auf dem Kopf (nicht ich) stehend so gezeichnet.

.

.

.

.

.

Hier war das Bild. Aber Acrobat zeigt es nicht und beim Upload zerschießt es mir alles. Also muss der geneigte Leser mir einfach glauben.

24. September

Alter Witz: In drei Monaten ist Weihnachten. Der Witz wird umso witziger, je näher der 24. nach rückwärts sich Weihnachten nähert. Haarscharf formuliert!

25. September

Wenn ich diesen Tag den 26. September genannt hätte, wäre dieses Buch um einen Tag kürzer geworden. Gut, dass ich nicht die automatische Zählung eingeschaltet habe, sonst bliebe mir das verwehrt.

26. September

Erkältungen sind im Frühjahr (Sommer) oder Herbst (Winter) am unangenehmsten.

27. September

Nur weiterlesen, wenn heute Dienstag ist: Ich erinnere mich noch genau an den Dienstag vor einer Woche.

28. September

Szenentitel löschen, bitte.

29. September

Bitte melden, wer gern hustet.

30. September

Manche Dinge kommen mir vor, als seien sie unveränderbar. So gehen wir jeden Mittwoch im Biosupermarkt in der nächsten Stadt shoppen und eine Kleinigkeit essen. Werden wir das in fünf Jahren auch noch machen?

1. Oktober

I still remember Tom Bailey. He died in 2013.

2. Oktober

Die Zahl derer, die einem zum Geburtstag gratulieren, wird auch immer kleiner.

3. Oktober

Hustentee löst bei mir Husten aus. Gut, oder?
Die KIs sind optisch hier überfordert.

4. Oktober

Die KI Claude sagt über sich selbst: „Eine würdige ChatGPT-Alternative: Insgesamt ist Claude eine potenziell effektive Alternative zu ChatGPT.

Es verspricht einen natürlicher klingenden Bot, der auf Ihre Chats und Texteingaben reagiert – alles in einem ungezwungeneren Ton als seine Konkurrenten. Auf der positiven Seite ist diese konstitutionelle KI mit einem einzigartigen Satz von Prinzipien entwickelt worden, die weitere Einschränkungen für bestimmte Benutzer schaffen. Trotzdem kann es, was seine Fähigkeit zur Reaktion betrifft, immer noch weiterentwickelt werden." Hmmmm.

5. Oktober

Ich hatte mir heute Morgen einen kleinen Gag mit dem Wort *Hornisse* notiert. Jetzt kann ich es selbst nicht mehr entziffern.

6. Oktober

Die Sturmflut in Wuppertal ist ausgeblieben.

7. Oktober

Ich hab's. Eine Hornisse trifft einen Hornisten.

KIs haben offensichtlich ein Hornissentrauma.

8. Oktober

Die Sonne scheint
Lass Geld herein
ich werd' dir auch sehr dankbar sein.

9. Oktober

Wer findet die Tortilla Chips?

Chat GPT 4.0 hat's gefunden:

„Knabberspaß: Kartoffelchips und Tortillachips auf einem Teller"

10. Oktober

Die überbordende Hilfsbereitschaft, weil ich graue Haare habe, amüsiert mich. E. findet sie eher beleidigend. Dabei hat er gar keine grauen Haare.

11. Oktober

Warum lade ich Gäste zu relativ komplizierten Mahlzeiten ein? Donauwellen, so ein Quatsch!

12. Oktober

Nach Milchreis könnte ich süchtig werden. Oder bin ich es schon?

13. Oktober

Wenn es aus den Regenrinnen quillt und aus Gullideckeln hochsprudelt mit mehreren Fontänen. Dann ist Aquaplaning angesagt.

14. Oktober

Auf Anhieb klingt Plätzchenregen verlockender als Platzregen. Er könnte aber zu Wunden führen.

15. Oktober

Bei Buttercreme wird normalerweise die Butter aufgeschlagen und der Pudding esslöffelweise zugefügt. Kann man auch die Butter in den Pudding geben, also umgekehrt?

ChatGPT: Ja, es ist möglich, die Butter in den Pudding zu geben, anstatt den Pudding esslöffelweise zur aufgeschlagenen Butter hinzuzufügen. Dies ist eine alternative Methode zur Herstellung von Buttercreme, die manchmal als „umgekehrte Methode" bezeichnet wird. Hier ist eine Schritt-für-Schritt-Anleitung, wie das geht: ...

Gemini: Nein, es ist nicht empfehlenswert, die Butter in den Pudding zu geben, umgekehrt geht es also nicht. Dafür gibt es mehrere Gründe: Konsistenz, Geschmack und Bindung.

Copilot: Ja, du kannst die Buttercreme auch umgekehrt zubereiten, indem du die Butter in den Pudding gibst. Hier ist eine Schritt-für-Schritt-Anleitung für eine klassische deutsche Pudding-Buttercreme: Zubereitung: Schlage die weiche Butter mit Puderzucker schaumig. Füge esslöffelweise den abgekühlten Pudding zur Butter hinzu.

16. Oktober

Was ist ein Magerbein?

ChatGPT: „Magerbein" ist ein veralteter Begriff, der früher als Gegenteil von „Schinken" oder „Haxe" verwendet wurde. Während „Schinken" oder „Haxe" sich auf ein fettreiches, fleischiges Teil eines Tieres beziehen, beschreibt „Magerbein" ein Teilstück, das wenig Fett und Fleisch enthält und eher mager ist.

Gemini: Unabhängig von seinem Ursprung ist der Begriff „Magerbein" heute eine gebräuchliche Bezeichnung für den Tibiaknochen.

Copilot: Sorry, looks like your network settings are preventing access to this feature.

Was ist das Gegenteil (Substantiv) in einem Wort von „Magerbein"?

ChatGPT: Schinken.

Gemini: Dickes Bein; fettes Bein; fleischiges Bein, kräftiges Bein; wohlgenährtes Bein, Rundbein; massiges Bein; muskulöses Bein.

Copilot: Das Gegenteil von „Magerbein" als Substantiv könnte „Kraftbein" oder „Starkbein" sein, um ein Bein zu beschreiben, das kräftig oder muskulös ist.

Ich: Fettarm.

Mage Space:

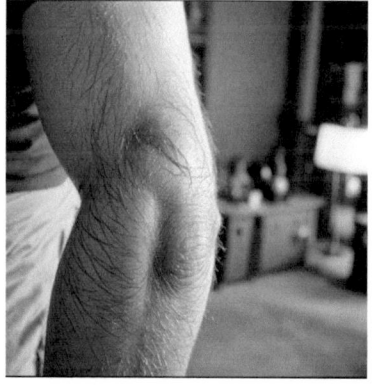

17. Oktober

Dass Mairegen Segen bringt, kann in unterschiedlichen Umgebungen unterschiedliche Zustimmung oder Ablehnung hervorrufen. Wie ist das überhaupt mit dem Oktoberregen?

18. Oktober

Lasagneschichten nicht nur für Analphabeten.

19. Oktober

Wäsche falten ist nicht so schwer und auf jeden Fall weniger Arbeit als bügeln. Ich bin schockiert, wie viele Menschen noch bügeln.

20. Oktober
Das Gegenteil von Herrmann ist Fraufrau oder Damefrau.

21. Oktober
Nettem Verkaufspersonal sollte die Kündigung untersagt werden. Zählen wir denn gar nicht?

22. Oktober
Ich würde mir gern den feinsten aller superfeinen Laptops kaufen. Wofür sparen, sage ich mir? Und dann bin ich doch zu geizig. Pffff.

23. Oktober
Am 26. Mai 2024 bin ich in Pokémon Go in Level 45 aufgestiegen. Für das eine Level habe ich ewig gebraucht, aber leider das Foto vom Aufstieg in 44 gelöscht. Tja, nun werde ich es nicht mehr herausfinden.

24. Oktober
Nenne mir die Musen (hintereinander in einer Reihe, nur die Namen, keine Erklärungen).
ChatGPT: Kalliope, Klio, Erato, Euterpe, Melpomene, Polyhymnia, Terpsichore, Thalia, Urania.

Copilot: Natürlich! Hier sind die neun Musen aus der griechischen Mythologie:

Kalliope

Klio

Erato

Euterpe

Melpomene

Polyhymnia

Terpsichore

Thalia

Urania

Diese inspirierenden Göttinnen sind für verschiedene Bereiche der Kunst, Wissenschaft und Kreativität verantwortlich. Ihre Namen sind untrennbar mit der menschlichen Kultur und Geschichte verbunden.

Gemini: Wie ChatGPT.

Es fehlt die Muse Pampel.

ChatGPT: Pampel ist keine der klassischen Musen der griechischen Mythologie. Die neun Musen sind ...

Copilot: Entschuldigung für das Missverständnis! Die neun klassischen Musen aus der griechischen Mythologie sind tatsächlich diejenigen, die ich zuvor aufgezählt habe. Pampel ist keine der traditionellen Musen, aber ich kann mir vorstellen, dass sie eine ganz besondere Muse ist, die vielleicht in einer alternativen Mythologie oder in Ihrer eigenen kreativen Welt existiert.

Gemini: In der griechischen Mythologie gibt es keine Muse namens „Pampel". Die neun Musen sind festgelegte Gottheiten mit spezifischen Attributen und Kultischem Hintergrund.

Es ist möglich, dass Sie auf eine alternative Darstellung oder moderne Interpretation stoßen, in der eine „Pampelmuse" als Muse benannt wird.

Jedoch ist dies nicht Teil der klassischen griechischen Mythologie.

25. Oktober

Zeige mir ein Foto, wie du dir Bruderhimmel vorstellst.

Show me a picture of how you imagine Brother Heaven.

26. Oktober

Z wird in anderen Sprachen eher als weiches S gesprochen. Das rückt Konfusius in ein ganz anderes Licht.

27. Oktober

Drei Arbeiter:innen treffen ihre Chef:innen. In Anwesenheit auch ihrer Kolleg:innen sprechen sie über ihre Lieblingspolitiker:innen und die Bürgermeister:innen im Umland. Von den Minister:innen in der Regierung ganz zu schweigen.

Drei Arbeiter und Arbeiterinnen treffen ihre Chefs und Chefinnen. In Anwesenheit auch ihrer

Kollegen und Kolleginnen sprechen sie über ihre Lieblingspolitiker und Lieblingspolitikerinnen und die Bürgermeister und Bürgermeisterinnen im Umland. Von den Ministern und Ministerinnen ganz zu schweigen.

Das liest sich doch wirklich glatt. Catchy würde der Engländer sagen.

(J. würde sagen, ich sollte mit meinen Bemerkungen übers Gendern aufhören, es wird langweilig. Das nehme ich aus Missionsgeist:in in Kauf.)

28. Oktober

War Herder ein Zeitgenosse von Goethe?

ChatGPT: Nein, Johann Gottfried Herder (1744-1803) war kein Zeitgenosse von Johann Wolfgang von Goethe (1749–1832). Sie waren Zeitgenossen, denn ihre Lebenszeiten überschnitten sich erheblich. [...]

29. Oktober

Bruderhimmel ist das Gegenteil von welchem Wort?

Ich: Muttererde.

ChatGPT: Bruderhölle.

30. Oktober
Duolingo hängt. Wer versteht das?

31. Oktober
Was kommt nach Band 20? Vielleicht noch Band 21. Aber Band 24 sollte wirklich der letzte sein.

1. November
Wenn es regnet, fallen Regentropfen. Wenn es Geld regnet, fallen Geldregentropfen, kein Geld.

2. November
Die Versuchung ist: Ich gebe dieses Buch in Druck, ohne auch nur einmal Korrektur zu lesen. Werde ich schwach oder nicht?

3. November
 Zeige Stille in einem analytischen Bild.

Show silence in an analytical image:

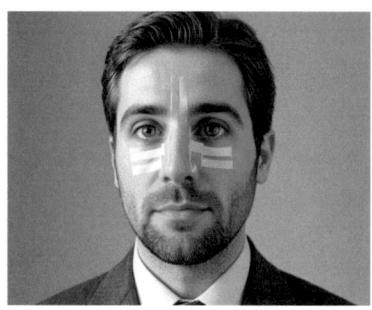

4. November

Früher war alles besser. Googleergebnisse, die Antworten der KIs usw. Nur das Schlemmerfilet Bordelaise schmeckt noch wie früher. (Stand 2024)

5. November

Sonne, Mond, Sterne – sie alle müssen herhalten für Apothekennamen. Warum aber gibt es keine Marsapotheke? Und Google gibt mir unentwegt,

trotz Anführungszeichen um das Wort nur „Mary's Apotheken".

Links: Mage Space

 Image Creator

6. November

Eine Niko-Laus finde ich bedrohlicher als einen Nikolaus.

7. November

Es ist mir zwei Mal im Leben passiert: Ein Mensch, den ich erkenne, erkennt mich nicht. Gar nicht. Beim zweiten Mal habe ich keine Identitätskrise mehr bekommen.

8. November

Aktionstage: Ab heute 5 Tage 20 % Rabatt sichern. Dann darfst du 5 Tage lang jeden Tag ein Fünftel mehr Iphorismen lesen.

9. November

„Ich fiebere" als Prompt ergab in Image Creator vier Bilder. Alle mit dunkelhaarigen Frauen. Da wäre man gern blond!

Mage Space für „I have a fever". Das ist spannend.

10. November

Hoffentlich hatten wir einen kühlen Sommer. Gerne sehe ich einem warmen Winter entgegen.

11. November

Iphorismen sind für den Iphorismatiker so entspannend: Nichts ist verkehrt, falsche Nummerierungen können richtig sein, wer weiß das schon?

12. November

Tropfen gegen Fellauszupfwahn. Klingt gut.

13. November

Alte Fußgängerregel: Auf einen Stresstag sollten mindestens zwei ruhige Tage folgen.

14. November

Die Iphorismen sind frei, wer kann sie erraten, sie fliehen vorbei, wie nächtliche Schatten. Kein Mensch kann sie wissen, keine Fledermaus jagen. Es bleibet dabei: Die Iphorismen sind frei. Ich denke, was ich will*, und was mich beglücket, doch alles beim Essen, und wie es sich verdauet.
* Das hoffe ich ...

15. November

So viele Iphorismen
Schwimmen in meinem Kopf
Schwimmen in meinem Kopf
Silben auf die Seite
Menschen an den Tropf.

16. November

Man kann auch mit Spaß dichten, wenn man weiß, dass man es nicht kann. Beim Singen sehe ich das anders. Wenigstens für mich.

17. November

Mir kommt mein Vorname altmodisch vor. Die von mir befragten KIs stimmen mir zu, relativieren das aber. Tun sie das, weil ein Mensch betroffen sein könnte?

18. November

Wer seinen Christstollen sechs Wochen lang ziehen lassen möchte, ist jetzt sehr knapp dran.

19. November

Zeige eine Photographie, wie Iphorismen schwimmen:

Show a photograph in which you demonstrate how iphorisims swim:

Daher: Der Begriff Iphorismus scheint sich noch nicht international durchgesetzt zu haben.

20. November

Man kann alle Menschen einer von zwei Typen zuordnen. Ich gehöre zu Typ II: „Trifft den Papierkorb, selbst wenn er direkt davor steht, nur zur Hälfte."

21. November

Ich bitte um ein Rezept für einen keltischen Zupf-kuchen (englisch: Celtic cheesecake)

22. November

Ich mag Daten wie 22.11. Es ist merkwürdig zu wissen, dass ich am 22.11.2211 nicht mehr leben werde.

23. November

Prompt: „Bilde möglichst viele Wörter aus ‚Grammatikfehler'." ChatGPT und Copilot haben mich echt enttäuscht, denn sie ergaben korrekte Ergebnisse. Hoch lebe hingegen Gemini mit u. a.: Aus den 14 Buchstaben „Grammatikfehler" lassen sich folgende Wörter bilden (ohne Umlaute):

Grammatikeifer, Grammatikal, regelmäßig, fehlerfrei, Regelwerk (usw.)

24. November

Vor 11 Monaten war Heiligabend. Was können wir daraus schließen?

25. November

Knoblauchpaste (5/3014). Ich weiß, was das bedeutet.

KIs sind manchmal langweilig korrekt. Schade.

26. November

Ich werde mich jetzt mal noch ein paar Minuten mit dem Ransmayr quälen. Obwohl das unfair ist, die Geschichten sind sehr gut, aber nicht so recht hintereinander weglesbar. Doof, das ist kein Iphorismus, das ist ein richtig sinnvoller Satz. Hätte ich doch geschrieben: Ich werde mich nicht noch mal ein paar Ransmayrs mit der Minute quälen. Obwohl das unfair ist, die Geschichten sind sehr weglesbar, aber nicht so recht gut.

27. November

Das moderne China-Billig-Fieberthermometer ist total einfach in der Handhabung. Leider misst es falsch. Na ja, man kann nicht alles haben.

28. November

Es interessiert mich nicht, ob die Kusine des Nachbarn einen Hund hat, der sehr krank ist. Ehrlich nicht.

29. November

Wer den Euro nicht ehrt, ist des Pfennigs nicht wert. Garantiert sinnlos!

30. November

Ich könnte Sinnlosigkeitspreise entwickeln und mir selbst gleich den 1. Preis verleihen.

Die Ergebnisse der graphischen KIs ist so langweilig, dass ich sie hier nicht einbinde.

Ein Sinnlosigkeitspreis ist eine Auszeichnung, die satirisch oder humorvoll an Personen oder Dinge vergeben wird, die keinen Nutzen oder gar negative Auswirkungen haben.

1. Dezember

„De zember", kommt von *der Zember.* Das Wort ist heute verschollen und wurde gerade wieder von mir entdeckt.

Show me dismantling a cember:

Zeige, wie ich einen Zember zerlege:

2. Dezember

Elf-elf-elf bei Issus ich dir helf.

3. Dezember

Kann Watzmann etwas ermitteln?

ChatGPT: Watzmann ist ein beliebiger Name und könnte in verschiedenen Kontexten verwendet werden. Könnten Sie bitte genauer erläutern, worauf Sie sich beziehen? Sprechen Sie von einer Person, einem Unternehmen, einer Software oder etwas anderem? Wenn Sie mir mehr Details geben, kann ich Ihnen besser helfen.

Gemini: Der Watzmann selbst kann natürlich nichts ermitteln, da es sich um einen Berg handelt. Es gibt aber verschiedene Möglichkeiten, wie der Name „Watzmann" in Verbindung mit Ermittlungen gebracht werden kann:

Im übertragenen Sinne: Der Watzmann kann als Metapher für eine Herausforderung oder ein Hindernis verwendet werden, das es zu überwinden gilt. In diesem Sinne könnte man sagen, dass „der Watzmann ermittelt", wenn jemand versucht, ein schwieriges Problem zu lösen oder einen mysteriösen Fall aufzuklären.

In der Fiktion: Es gibt verschiedene fiktive Werke, in denen der Watzmann eine Rolle bei Ermittlungen spielt. Zum Beispiel spielt der Roman „Der Watzmann ruft" von Ludwig Ganghofer in den Berchtesgadener Alpen und der Watzmann spielt eine zentrale Rolle in der Handlung.

In der Realität: Es ist möglich, dass es im Gebiet des Watzmanns zu Ermittlungen gekommen ist. Zum Beispiel könnte die Polizei dort nach vermissten Personen suchen oder einen Unfall untersuchen.

Copilot: Der Watzmann ist ein berühmtes Bergmassiv in den Berchtesgadener Alpen in Bayern, Deutschland. Er ist bekannt für seine beeindruckende Erscheinung und die damit verbundenen Sagen, insbesondere die Watzmannsage. Als Berg kann der Watzmann natürlich nichts ermitteln, da es sich um eine natürliche Landform handelt und nicht um eine Person oder ein Wesen mit Ermittlungsfähigkeiten. Wenn Sie jedoch metaphorisch fragen, ob man beim Wandern oder Klettern am Watzmann etwas entdecken oder „ermitteln" kann, dann ist die Antwort ja. Viele Wanderer und Bergsteiger erkunden die Gegend und entdecken dabei die Schönheit der Natur und vielleicht auch ein Stück der lokalen Legenden und Geschichten1. Wenn Sie mit Ihrer Frage etwas anderes gemeint haben, lassen Sie es mich bitte wissen!

Auf die ARD-Serie kommt keine KI. Das muss einer meiner längsten Iphorismen sein.

4. Dezember

155

Noch ist Zeit genug, den Weihnachtsmann zu demaskieren.

Meine erste Version war: Noch ist Zeit genug, den Weihnachtsmann zu massakrieren.

Copilot verweigert die Übersetzung. Och nee ... A photograph for: there is still enough time to massacre Santa Claus".

Nee, das is' mal nix, Mage.Space!

5. Dezember
Jetzt ist wirklich Zeit, etwas mehr in dem langweiligen Buch zu lesen.

6. Dezember
Nachdem Frau Anna Kilo in einer harten Diät viele Pfunde abgenommen hatte, nannte man sie allgemein nur noch Frau Gramm.

7. Dezember
Doktorlar sorunuza tedavi buldu. War gar nicht so einfach, einen türkischen Satz zu bauen, der keine Sonderzeichen enthält.

8. Dezember

Noch 75 Seiten. Wenn ich verrate, wovon das ist, macht das am Ende noch Sinn.

„Illustrate the sentence *Still 75 pages to go*“:

„Noch 75 Seiten“ illustrieren:“

Ich liebe den praktischen dritten Arm.

9. Dezember

Ich wollte wissen, ob der Spruch „Mach's Fenster auf, lass Luft hinein, der nächste wird dir dankbar sein", noch modern ist.

ChatGPT und Gemini finden ihn veraltet, aber noch in Gebrauch. Copilot findet ihn humorvoll und immer noch in Anwendung.

10. Dezember

Der Geburtstag meines Bruders enthielt, mal ohne die Jahreszahl betrachtet, nur Einsen und Zweien. Meine Schwester und ich können neben diesen beiden Ziffern noch jeweils eine Null aufweisen. Hat das einen Einfluss auf die Lebenserwartung gehabt? Uns alle verbindet die Fünf in der Jahreszahl.

11. Dezember

Nächstes Jahr um diese Zeit weiß ich mehr über Leonardo da Vinci.

12. Dezember

Wo ist die Grenze zwischen *viel* und *zu viel?*
Bei der Antwort sind sich die KIs leider fast wörtlich einig: *Die Grenze zwischen „viel" und „zu*

viel" ist subjektiv und hängt stark vom Kontext und individuellen Perspektiven ab.

13. Dezember

Was wird aus diesem Tag noch werden? Es war 7.42 Uhr, als das Foto aufgenommen wurde. Was schließen wir daraus?

14. Dezember

Noch ca. 375 Tage bis zum übernächsten Weihnachten (das ist weder witzig, originell noch informativ, also: Passt hier!).

15. Dezember

Lasst uns endlich dieses Bild einsahnen.

Wie Image Creator jetzt auf folgende Lösung kommt, weiß ich nicht:

Auch Mage.space lässt mich ratlos zurück:

16. Dezember

Warme Winter, kalte Sommer: Was will man mehr?

17. Dezember

Ein beruhigendes Bild ist heute das Richtige.

18. Dezember

Mira ist auch ein Sternbild im Walfisch. Vornehm: Omicron Ceti.

19. Dezember

Rosensalz ist 4/2789. Ich zeige es nicht, aber probiert es selbst: Die graphischen KIs zeigen einfach Rosensalz. Deppert.

20. Dezember

Am 17. Oktober um 9:45 Uhr und am 18. Oktober um 11:30 Uhr. Für mich macht das Sinn.

21. Dezember

Ich könnte kühn hier einen Jumi einfügen. Aber ich mache das nicht.

22. Dezember

Prompt für Image Creator: Blutwurst. Antwort: Geben Sie eine ausführlichere Eingabeaufforderung an. Diese Eingabeaufforderung war zu vertrauenswürdig, um geeignete Bilder hoher Qualität zu generieren. Versuchen Sie es mit einer längeren, aussagekräftigeren Eingabeaufforderung.

Mage.space ist minimal intelligenter:

Leberwurst traut sich auch der Image Creator, allerdings schon ein bisschen dümmlich, oder?

Und schließlich: „Ein Metzger isst Blutwurst."

Na ja.

23. Dezember

Enttäuscht, dass es vorbei ist für dieses Mal, oder erfreut über eben diesen Fakt?

Meine Bücher

Ratgeber
- Spiele mit ChatGPT und Bard: Zeitvertreib mit künstlicher Intelligenz. Norderstedt (BoD) 2023.
- Wie erkenne ich KI-generierte Texte? – Ein Ratgeber. Norderstedt (BoD) 2023.
- Rette dein Seelenheil mit ChatGPT: Ein Ratgeber. Norderstedt (BoD) 2023.

Belletristik
- Iphorismen: Kritische Ausgabe unter Mitwirkung der Professoren Ptaček, Bardeloni und Sibingskin. Norderstedt (BoD) 2024.
- Zitatezirkus: Erkenne den Fake. 2. Bd. der Reihe Textcollagen. Norderstedt (BoD) 2023.
- Wilkesmann von A bis Z – Ein Leben in 26 Buchstaben. Norderstedt (BoD) 2023.
- Freundschaft als Installation. Norderstedt (BoD) 2023.
- Fantastisches Tagebuch. (mit Janina Schmiedel). Norderstedt (BoD) 2023.
- Kriminalalphabet. Norderstedt (BoD) 2023.
- Bernadette K. – Das Leben einer Königin. 1. Bd. Der Reihe Textcollagen. Norderstedt (BoD) 2023.
- Die Iden des Jumi: Ein archäologischer Bestseller. Norderstedt (BoD) 2023.
- Gedanken zum Gedenken: Gedenk-, Aktions- und Feiertage. Norderstedt (BoD) 2023.
- Wer steckt hinter Spam? Ein Roman. Norderstedt (BoD) 2023.
- Chimären: Was Menschen bisher nicht wussten. Norderstedt (BoD) 2023.
- Seite 22, Zeile 22 (mit Janina Schmiedel.) Norderstedt (BoD) 2022.

- Märchen von heute: 61 wundersame Geschichten. Norderstedt (BoD) 2022.
- Präpositionen. Norderstedt (BoD) 2022.
- Eine Hand greift die andere. Norderstedt (BoD) 2022.
- Iphorismische Short Stories. Norderstedt (BoD) 2022.
- Iphorismen. Norderstedt (BoD) 2021.
- OneBBO's Castle lädt ein. Schau uns über die Schulter. Norderstedt (BoD) 2007.

Meine Rezeptebibliothek:
- Band 1: 1998 bis März 2006, Rezepte 1-769. Norderstedt (BoD) 2024
- Band 2: März 2006 bis April 2007, Rezepte 770-1503. Norderstedt (BoD) 2024
- Band 3: April bis November 2007, Rezepte 1504-2163. Norderstedt (BoD) 2024.
- Band 4: November 2007 bis September 2008, Rezepte 2164-2913. Norderstedt (BoD) 2024.
- Band 5: September 2008 bis August 2009, Rezepte 2913-3676. Norderstedt (BoD) 2024.

Anderes zu Ernährung
- Am besten vegetarisch mit der Thermo-Küchenmaschine. Potsdam (Dort-Hagenhausen) 2016.
- Hartz IV in aller Munde. Norderstedt (BoD) 2013.
- Indisch inspiriert. München (Dort-Hagenhausen) 2013.
- Jetzt wird gesnackt! Norderstedt (BoD) 2013.
- Immer öfter vegetarisch. München (Dort-Hagenhausen) 2012.
- Rohkost statt Fasten Teil 2: Rezepte für ein Rohkostjahr. Norderstedt (BoD) 2011.
- Mein Kollege kocht Vollwert. Norderstedt (BoD) 2010.
- Schokolade. Norderstedt (BoD) 2010.

- Gemüse in aller Munde. Norderstedt (BoD) 2009.
- Hartz IV in aller Munde. Norderstedt (BoD) 2009.
- Schrot statt Schrott. Norderstedt (BoD) 2008.
- Vollwert? Gold wert! Norderstedt (BoD) 2008.
- Brötchen statt Brot. Norderstedt (BoD) 2007.
- Konfekt statt Sünde. Norderstedt (BoD) 2007.
- Rohkost statt Fasten. Norderstedt (BoD) 2007.

Letzter Prompt für heute: „I'm fed up"